Bienvenue à Magix

Novélisation : Sophie Marvaud.
Conception graphique du roman : François Hacker.

Hachette Livre, 58, rue Jean-Bleuzen, 92178 Vanves Cedex.

Winx Club™

Bienvenue à Magix

hachette JEUNESSE

Bloom

C'est moi, Bloom, qui te raconte les aventures des Winx. Je croyais n'être qu'une terrienne ordinaire, appréciée pour mon bon cœur, mon courage et mon charme. En fait, je découvre peu à peu mes pouvoirs magiques ainsi que ma véritable identité. Je suis une fée, et pas n'importe laquelle… Je poursuis mes études à Alféa, l'université des fées. C'est là aussi que j'ai rencontré mes nouvelles amies. Je les adore : elles sont charmantes, joyeuses, sûres d'elles, et pleines d'une énergie… féerique !

Stella

Fée de la lune et du soleil, elle prend quelques libertés avec la vérité, mais elle est tellement vive et drôle ! Son sceptre magique attise bien des convoitises.

Flora

Douce et généreuse, fée de la nature, elle sait parler aux plantes. Ce qui nous sort de nombreux mauvais pas…

Tecna

Sous son apparence directe et un peu punk, elle cache une grande débrouillardise. Normal, elle est la fée des sciences et des inventions.

Musa

Fée de la musique, elle connaît tous les styles et tous les instruments. Elle utilise parfois la musique d'une manière inattendue : comme arme, par exemple.

Au royaume de Magix, un lieu hors
du temps et de l'espace,
la magie est quelque chose
de normal. En plus d'Alféa,
deux écoles s'y trouvent :
la Fontaine Rouge et la Tour Nuage.
Les Spécialistes fréquentent l'école
de la Fontaine Rouge.
Ah ! les garçons… Nous craquons
pour eux parce qu'ils sont
charmants, généreux, dynamiques…
Mais ils se disputent tout le temps.
Dur pour eux de former une équipe
aussi solidaire que la nôtre.

Riven manie l'épée avec entrain. Dommage qu'il ne soit pas vraiment bon joueur.

Prince Sky passe parfois pour un charmeur trop sûr de lui. Pourtant, on peut vraiment compter sur lui.

Timmy est le plus malin et le plus rapide du groupe.

Brandon a un cœur d'or. Dans les bagarres, son bouclier hyper puissant est très utile.

Ne croyez pas que Magix soit un univers de tout repos. Nous, les Winx et les Spécialistes, sommes souvent confrontés à nos ennemis : les monstres et les sorcières.

Knut est un ogre terrifiant. Heureusement qu'il est stupide !

Les crochus sont des sortes de fourmis rouges géantes avec des têtes de diables. Ils obéissent à Knut.

Troll n'est pas très malin non plus. Mais il se sert de son flair pour no retrouver dans Magix ou sur Terre.

Les monstres sont au service des sorcières de la Tour Nuage, la troisième des écoles de Magix. Les sorcières forment un groupe uni. On les appelle aussi les Trix.

Icy a pour armes préférées les cristaux de glace, le blizzard, les icebergs.

Stormy sait déclencher tornades et tempêtes.

Darcy utilise des sortilèges mentaux : elle crée des illusions de toutes sortes qui peuvent rendre fou.

Résumé de l'épisode précédent

Le premier jour des grandes vacances avait mal commencé. Mes parents, plutôt sympas mais qui me prennent toujours pour un bébé malgré mes seize ans, m'ont offert un vélo alors que, bien sûr, je rêvais d'un scooter !

Faisant contre mauvaise fortune bon cœur, je suis quand même partie en promenade avec mon lapin Kiko. Et je suis tombée sur une bagarre incroyable ! Entre un ogre jaune, immense, effrayant, et une charmante fée de mon âge. L'ogre avait le dessus, déjà il triomphait. Ma frayeur a été telle que, pour la première fois de ma vie, mes pouvoirs magiques se sont manifestés !

Stella, la fée que j'ai secourue, m'a expliqué que je devais la suivre dans le royaume de Magix, à l'université des fées d'Alféa ! Sans une nouvelle attaque de l'ogre et d'un monstre bleu, mes parents n'auraient jamais cru que j'étais une fée. Mais ils ont vu la magie jaillir de mes mains, alors ils ont décidé de m'accompagner sur la planète Magix pour la rentrée scolaire...

Chapitre 1

Sous un faux nom

Guidés par Stella, nous approchons d'Alféa tandis que, devant nous, des jeunes filles de tous les styles se pressent vers l'entrée. Un immense portail bleu, léger comme une paire d'ailes de papillon, s'ouvre entre les deux tours du château.

Soudain papa, qui marche en tête, se heurte de plein fouet à un mur invisible. Maman non plus ne peut aller plus loin. Intriguée, je tâtonne à la recherche d'un obstacle. Mais pour moi, il n'existe pas. Est-ce que ce ne serait pas l'un des tours de Stella ? Eh bien non. D'après mon amie, Magix est entourée d'une barrière de protection, qui interdit l'entrée à ceux qui n'ont pas de pouvoir magique.

Pauvre papa, pauvre maman... En tant que terriens ordinaires, leur découverte de Magix s'arrête là. Les voilà tellement inquiets de me quitter qu'ils demandent à Kiko de veiller sur moi... Mon lapin bleu est adorable, mais ce n'est pas lui qui saura me défendre. Je préfère compter sur moi. Ou sur Stella.

Mes parents me serrent tendrement dans leurs bras pour un dernier au revoir. Puis Stella les renvoie vers la Terre d'un coup de son sceptre magique.

Devant l'entrée d'Alféa, se tient une femme à l'allure rébarbative, avec ses lunettes rectangulaires, des cheveux raides comme des baguettes de tambour et une robe stricte qui lui descend jusqu'aux chevilles. Elle vérifie sur sa liste l'inscription des étudiantes qui se présentent.

— C'est Griselda, la surveillante, me prévient Stella. Un conseil, Bloom : méfie-toi d'elle.

Mon cœur se met à battre à

tout rompre. Moi, je n'y suis nulle part, sur sa liste, bien sûr ! Est-ce que Stella aurait oublié ce détail ? Mon amie remarque mon inquiétude et me souffle qu'elle a pensé à tout. La princesse Varanda de Callisto a changé d'avis au dernier moment au sujet de son année scolaire. Elle a chargé Stella de transmettre un mot à la directrice. Mais puisque, ici, personne n'a jamais vu cette princesse, je peux facilement prendre sa place ! Stella déchire la lettre. Je suis un peu choquée.

— Enfin, c'est malhonnête de faire ça !

Stella rit avec désinvolture :

— Mais non, Bloom, juste un petit mensonge...

De toute façon, est-ce que j'ai autre chose à proposer ? Non ! Et comment revenir en arrière maintenant, aux portes de l'université où développer mes pouvoirs magiques ? Je m'avance donc en tremblant. Pour l'instant, Griselda s'intéresse surtout à mon amie.

— Je rêve ! La princesse Stella de Solaria ! Jamais je n'aurais pensé vous revoir après ce qui s'est passé l'année dernière...

— Je ne renonce pas facilement, vous le savez bien.

Je regarde mon amie avec étonnement : que s'est-il passé l'année dernière ? Mais la surveillante se tourne vers moi et je lui donne mon nom d'emprunt : Varanda de Callisto.

Elle cherche sur sa liste... Et nous fait signe d'entrer ! Ouf !

— Tu vois, chuchote Stella. J'ai toujours des idées géniales.

— Oui, mais c'est quoi, cette histoire de l'année dernière ?

— Oh, pas grand-chose. Griselda adore dramatiser.

Bien qu'à mon avis, mon amie ne me dise pas toute la vérité, je n'insiste pas.

Chapitre 2

Une université pas ordinaire

Devant les élèves réunies dans la cour, la surveillante se lance dans un discours peu accueillant : celles qui n'obéiront pas au règlement seront renvoyées ; et nous avons l'interdiction absolue d'utiliser nos pouvoirs magiques ailleurs que dans les salles de classe, sous le contrôle des professeurs.

Griselda interpelle mon amie :

— Est-ce assez clair, princesse Stella ? À cause de vos pitreries,

le laboratoire des potions est inutilisable jusqu'en août prochain. Encore une incartade et vous rentrez chez vous définitivement.

Autour de moi, les élèves racontent comment le laboratoire des potions a explosé : les flacons ont été pulvérisés, les tables renversées, les fenêtres brisées. Je suis stupéfaite.

— C'est toi qui as fait ça, Stella ?

Mon amie hausse les épaules.

— Et alors ? Puisque mon père a payé toutes les réparations...

Je trouve qu'elle exagère !

Mais voilà la directrice, une petite femme ronde et soignée. Avec ses grands anneaux aux oreilles, son chignon vaporeux et ses joues roses, on dirait une grand-mère de rêve. Quelques professeurs l'accompagnent : une grande perche dans une élégante robe rouge assortie à son large chapeau, un jeune homme aux oreilles d'elfe, et un bonhomme minuscule à l'air espiègle, doté d'une barbe et d'un chapeau pointu. Rien à voir avec les enseignants dont j'ai l'habitude ! Vivement qu'ils me transmettent leur savoir magique...

Au pied d'un immense escalier, la directrice nous souhaite la bienvenue à Alféa, la meilleure école de fées de Magix.

— La seule, d'ailleurs... précise-t-elle avec humour.

À sa suite, nous découvrons les pièces claires et spacieuses de l'université. Elle nous explique qu'il n'est pas facile de devenir une fée, mais que les professeurs et elle sont là pour nous aider.

Puis elle nous sourit avec bienveillance, comme si elle se souvenait de sa propre jeunesse.

— Bien, assez de discours ennuyeux. Ne vous privez pas d'explorer votre environnement... mais sans commettre d'imprudence ! À Magix, les dangers rôdent un peu partout.

Stella s'amuse à l'imiter à voix basse :

— Ne vous approchez pas des sorcières de la Tour Nuage. Elle répète toujours la même chose, mais elle est super sympa, madame Faragonda.

C'est effectivement ce qu'elle nous recommande, avant de nous annoncer que nous sommes libres jusqu'au dîner – les cours commencent seulement demain. Il est temps de découvrir nos chambres et de nous y installer. En chemin, j'interroge mon amie :

— Qui sont ces sorcières de la Tour Nuage ?

— Il existe trois universités à Magix : Alféa pour les fées, la Fontaine Rouge pour les Spécialistes, c'est-à-dire les garçons, comme ceux qui sont venus à notre secours, et la Tour Nuage, pour les sorcières.

Des sorcières ! Je serais curieuse de savoir à quoi elles ressemblent. Mais même Stella me conseille de les éviter !

Chapitre 3

Magie invisible

Par chance, Stella et moi (ou plutôt Varanda de Callisto !) avons été placées dans le même appartement, en compagnie de trois autres filles. Mon amie bénéficie d'une chambre pour elle seule, tandis que je dois partager la mienne avec une inconnue.

Alors que j'entre dans ma chambre, une pièce spacieuse et agréable, j'entends un cri. Pourtant, je n'ai marché sur le pied de personne ! J'ai juste piétiné la tige d'une plante verte qui s'étale sur le sol...

Une jeune fille se précipite, en s'excusant d'avoir laissé traîner ses affaires partout.

— Ça, c'est une plante qui parle, l'une de mes créations.

Elle se penche et gratouille avec affection le « menton » de sa plante verte. Puis elle se présente : Flora. Comme elle est féminine, avec ses longs cheveux souples, sa voix douce, sa mini-jupe, son corsage bouffant... Elle me plaît tout de suite et je m'adresse à elle sans réfléchir :

— Je m'appelle Bloom.

Oh, la gaffe ! Je suis censée être cette princesse avec un nom bizarre... Je bafouille que Bloom est juste un prénom que j'aime beaucoup mais que mon vrai nom est... est... Terrible trou de mémoire ! Vite, je consulte l'inscription à l'entrée de la chambre.

— En fait... je suis Varanda de Callisto.

Derrière moi, j'entends une voix qui s'exclame :

— Callisto, le quatrième univers de la magie, le royaume suprême ! Salut, moi je m'appelle Tecna.

Je me retourne et découvre une jeune fille vêtue d'une com-

binaison moulante très moderne et coiffée d'une mèche violette qui lui retombe sur les yeux. Stella arrive derrière elle et se présente.

— Stella... fait Tecna. Tiens, tiens... Mais j'ai déjà entendu parler de toi !

— Moi aussi, dit une nouvelle venue. Avant que tu ne fasses exploser la chambre, laisse-nous le temps de nous mettre à l'abri. D'accord ?

Elles éclatent de rire, aussitôt rejointes par la dernière des cinq colocataires, une belle brune avec des couettes, très séduisante dans un autre style, avec son top qui laisse une épaule nue et son jean très mode. Elle s'appelle Musa et semble aussi sympa que les autres.

Notre discussion est interrompue par un cri de Kiko, que la plante de Flora tient suspendu par les pattes !

Flora se précipite. Elle gronde sa plante, bien que mon lapin ait sans doute essayé de la manger. Pendant que je prends Kiko dans mes bras pour le rassurer, elle sème quelques graines magiques dans un pot, souffle délicatement dessus... Les carottes germent en un temps record.

— Et voilà, petit lapin affamé ! Une bonne assiette de carottes fraîches...

Nous aussi, nous avons faim. Alors Stella propose de dîner à l'extérieur, pour célébrer notre nouvelle année scolaire et faire plus ample connaissance. Je l'approuve, très excitée de découvrir le centre-ville de Magix.

— Une pizza, ça vous tente ?

— Une pizza, qu'est-ce que c'est ?

Elles ne connaissent pas ? Je bafouille :

— Euh... C'est le plat le plus réputé de la planète d'où je viens... Euh... De Callisto, bien sûr...

Nous prenons le bus, puis le train. En arrivant en ville, Tecna met ses mains sur mes yeux et m'interdit de regarder avant la sortie de la gare.

Elle écarte ses mains. Quoi ! C'est ça Magix ? La capitale du

royaume de la magie ? Je m'attendais à voir partout des dragons, des gnomes, des magiciens, des boutiques pleines de baguettes magiques... Et nous voilà au cœur d'une métropole agitée qui ressemble aux grandes villes de la Terre.

Stella éclate de rire.

— Oh, là, là, Bloom ! Tu n'es pas dans un conte de fées ! Mais dans le monde réel. Ici, la magie est partout mais, pour la remarquer, il faut bien observer autour de soi.

Elle me désigne alors les voitures qui passent. Tiens, bizarre... Elles n'ont pas de roues. D'après Stella, elles n'utilisent pas d'essence non plus, car chaque conducteur se sert de sa propre énergie magique. Comme cette voiture qui cherche à se garer dans un parking plein : devant elle, les autres véhicules se resserrent tout seuls pour lui libérer une place. Eh oui... Ici la magie est partout, même si elle est rarement spectaculaire.

Chapitre 4

Ce que Bloom ne sait pas

Non loin du restaurant vers lequel se dirigent Bloom et ses nouvelles amies, un opticien reçoit un curieux client : un ogre à la peau jaune, avec des favoris sur les joues. Car Knut est un ogre énorme, effrayant, cruel, mais... myope !

L’opticien tend à l’ogre des paires de lunettes à essayer. Knut est en train de poser sur son gros nez une monture rose décorée de fleurs en plastique quand il aperçoit, à travers la vitrine, le groupe joyeux formé par Stella, Flora, Tecna, Musa et Bloom.

Knut s'écrie à l'adresse de l'opticien :

— Vous voyez ce que je crois avoir vu ?

— Certainement, monsieur, répond poliment le vendeur. Euh... ajoute-t-il soudain. Qu'avez-vous vu ?

— Des filles dans la rue.

— Ah, ce sont probablement des élèves d'Alféa. C'est la rentrée, à l'université.

L'ogre se rue dehors, les lunettes roses toujours sur le nez.

— Hé, rendez-moi mes lunettes !

Knut sème facilement l'opticien. Sans cesser de courir, l'ogre sort son téléphone portable et compose un numéro. À l'autre bout de la ligne, une silhouette féminine décroche.

— Allô ? Ah, c'est toi, Knut, ogre inutile et puant !

L'ogre ne se laisse pas impressionner par les injures et le ton méprisant. Il annonce à sa mystérieuse correspondante :

— La fée que vous recherchez est ici, à Magix ! Elle se dirige vers le centre-ville avec des copines. Vous allez pouvoir récupérer vous-même son sceptre, votre Seigneurie.

Quelle bonne nouvelle pour « sa Seigneurie », qui exulte !

— Tu vas nous aider, Knut. Écoute-moi bien... Pas question de nous décevoir, cette fois...

Oubliant que, sans Knut, elle ne saurait même pas que Stella est à Magix, la « Seigneurie » enchaîne sur une bordée de menaces. Comme, par exemple, s'il échoue, de fixer des lunettes sur son gros nez avec de la colle extra-forte. Un ogre avec des lunettes, c'est beaucoup moins effrayant, n'est-ce pas ? Tremblant de peur, Knut promet de ne pas faire d'erreur.

Chapitre 5

Seule face aux sorcières !

Dans le restaurant agréable où nous finissons de dîner, je pense à mes parents : ils seraient si heureux d'apprendre que je me suis déjà fait de nouvelles amies. Il est temps de leur donner quelques nouvelles. Je sors mon téléphone portable et compose leur numéro mais... rien... aucune tonalité.

— Laisse-moi jeter un coup d'œil, propose Tecna. L'électronique, j'en fais mon affaire.

Je lui tends mon téléphone. Elle éclate de rire.

— C'est de la préhistoire, cette technologie ! Où as-tu trouvé une antiquité pareille ?

Vexée, je soutiens qu'il s'agit d'un des modèles les plus récents. Mais Stella souffle à mon oreille qu'il n'est récent que sur Terre. Elle me prête sa carte et m'indique une cabine téléphonique dans la rue voisine.

Depuis la cabine, je réussis à joindre ma mère. Comme c'est bon d'entendre sa voix ! Et de lui dire que tout va bien ! À travers la vitre, je vois soudain passer dans la rue une silhouette jaune et massive. Je n'en crois pas mes yeux : est-ce bien l'ogre Knut ?

Celui qui avait attaqué Stella lors de son passage sur Terre ? J'abrège la conversation avec ma mère et je cours dehors. Le monstre jaune tourne au coin de la rue... Vite, je le prends en filature.

Mais... Il a retrouvé mes amies ! De loin, je vois qu'elles m'attendent devant le restaurant, assises sur le rebord d'une fontaine. L'ogre les surveille-t-il ?

Tiens... Le voilà qui repart. Il tourne dans une rue, puis une autre. Je sais que je ne suis pas très prudente de me lancer sur ses traces, toute seule. Mais comment résister à la curiosité ? Je rase les murs, une dizaine de mètres derrière lui. Au bout d'une impasse, le géant s'arrête. Vite ! Je me cache derrière une poubelle.

Le monstre jaune semble en

grande discussion avec trois jeunes filles. Habillées de cuir et chaussées de talons aiguilles, maquillées de couleurs dures, elles m'impressionnent et me déplaisent. Ah, zut ! En se déplaçant légèrement, l'ogre me les dissimule. Quel gros patapouf !

C'est d'autant plus énervant que je suis trop loin pour les entendre. Que peuvent-elles bien se raconter ?

— Tourne-toi ! dit soudain une voix glaciale derrière moi.

Terrifiée, je sursaute et me retourne. L'une des jeunes filles me toise de son regard méchant. Mais... comment a-t-elle fait ? Je la vois toujours à l'autre bout de l'impasse et pourtant elle est aussi près de moi. Oh ! Il s'agit forcément d'une sorcière, qui s'est matérialisée derrière moi et n'a laissé au bout de l'impasse qu'une image trompeuse. Alors, déjà, me voilà confrontée aux étudiantes de la Tour Nuage ! Celles qu'il ne fallait surtout pas approcher ! Et je suis toute seule... Que va-t-il m'arriver ?

La sorcière rit de sa blague. Je comprends à son rire cruel

qu'elle n'aura aucune pitié pour moi. Aussitôt, une force maléfique me soulève et me projette durement sur le sol, au pied de ses amies, à l'autre bout de la rue. Endolorie, j'ai juste la force de les prévenir :

— Attention, je suis une fée !

Quelques maigres étincelles de magie sortent de ma paume mais elles rebondissent sur les sorcières sans les toucher. Elles se moquent de moi. L'une me jette un sort et des blocs de glace dure surgissent du bitume et m'emprisonnent. Une autre lance une force terrible sur moi. Je suis emportée en l'air dans une spirale maléfique.

Je réussis à m'agripper à la corniche d'un immeuble. Mais la force magique m'en décroche et me lance sur de vieux cartons. La première sorcière fait jaillir autour de moi tant de glace que je suis bientôt enfermée à l'intérieur d'un cristal géant, qu'en ricanant elle griffe de ses longs ongles noirs.

Le froid envahit rapidement

mon corps... Pourvu que mes amies d'Alféa s'aperçoivent de ma disparition !... Sans trop tarder...

Chapitre 6

Les fées se révèlent

Quand je reprends connaissance, transie et mal en point, mes amies m'entourent, attentionnées, rassurantes, avec des ailes au dos et des tenues magiques que je ne leur connaissais pas : des diadèmes, des justaucorps et des bottes étoilées.

Notre amitié a commencé de la même façon qu'une amitié sur Terre et j'avais presque oublié qu'elles étaient des fées, elles aussi !

Où sont les sorcières et le géant ? Est-ce que mes amies se sont battues contre eux ? Quant à cette rue, je ne la connais pas du tout...

Stella me rassure : je peux me détendre, nos ennemis ont été vaincus. Elle raconte comment mes amies se sont doutées que j'avais fait une mauvaise rencontre. Parties à ma recherche dans les rues de Magix, elles ont

été guidées par la spirale malé-
fique qui jaillissait de l'impasse.

Stella, Flora, Tecna et Musa m'ont découverte évanouie dans mon bloc de glace ; elles se sont interposées entre les sorcières et moi. Icy, Stormy et Darcy (j'apprends qu'elles s'appellent ainsi) ont ordonné à Knut de les affronter. Il s'est jeté sur elles, effrayant de force et de férocité. Mais vite, mes amies se sont métamorphosées en fées. La bague de Stella s'est transformée à nouveau en sceptre magique, grâce auquel elle a stoppé l'assaut de Knut. Flora a fait pousser en accéléré des lianes qui ont ligoté les jambes de l'ogre. Musa l'a emprisonné dans une cage sonore et l'a mitraillé de décibels, jusqu'à ce qu'il préfère disparaître.

Furieuses de la défaite de

Knut, les sorcières se sont déchaînées : Stormy a déclenché un orage et Icy un blizzard ! Alors Tecna a ouvert son bouclier de feu pour nous protéger. Avant que les sorcières ne lancent une nouvelle attaque, nous avons été transportées par Stella dans un endroit plus calme, à l'autre bout de la capitale. Puis elle a fait fondre le cristal de glace qui m'emprisonnait.

Maintenant, Stella est penchée sur moi. Elle me réchauffe avec sa magie et me réconforte en même temps. Je ne sais pas ce qui est le plus difficile à supporter : le froid dans mon corps ou la honte d'avoir été incapable de me défendre contre les sorcières.

— Tu sais, Bloom, pour une terrienne, tu t'en es drôlement bien sortie. Tu as fait preuve d'un grand courage.

Les paroles de Stella me vont droit au cœur. Mais Flora, Musa et Tecna sursautent. Mécontentes, elles fixent la fée de la lune et du soleil.

— Stella ! dit Flora. Tu n'aurais pas quelque chose à nous apprendre au sujet de Bloom de Callisto ?

Contrairement à moi, Stella ne semble pas gênée d'être prise en flagrant délit de mensonge. Elle promet de tout leur expliquer.

Chapitre 7

Une terrienne à Alféa ?

Le temps de raconter à Flora, Musa et Tecna que je viens de la Terre, et comment Stella et moi nous nous sommes rencontrées, le trajet de retour passe comme un éclair. Nous nous glissons discrètement à l'intérieur de l'université, quand une voix hargneuse nous fait sursauter :

— Avez-vous une idée de l'heure qu'il est ?

Griselda ! Et Faragonda à ses côtés.

— Nous étions folles d'inquiétude, explique gentiment la directrice. Allez vous coucher immédiatement. Nous reparlerons du règlement demain matin.

Mes amies filent devant mais Griselda me retient par la manche.

— Pas si vite, Princesse Varanda ! N'avez-vous pas oublié de nous dire quelque chose ?

Je baisse la tête. Comment a-t-elle deviné ? Bon, je serai soulagée que tout le monde connaisse la vérité.

— Je m'appelle Bloom et je suis une terrienne.

Griselda triomphe.

— Ah, ah ! J'en étais sûre !

Vous n'êtes pas une princesse. Vous nous avez joué un tour !

Mais la directrice me regarde avec bonté.

— C'est vrai. Néanmoins, cette jeune fille ne peut être qu'une créature magique ! Sinon la barrière ne l'aurait pas laissée entrer. Bloom, pourquoi nous avez-vous caché votre vrai nom ?

Stella s'interpose.

— Madame, toute cette histoire est une idée à moi.

Je remercie mon amie d'un sourire mais je préfère m'expliquer moi-même.

— Je viens d'une petite ville

sur la planète Terre, qui s'appelle...

Griselda secoue la tête.

— En dehors du royaume de Magix ? C'est tout à fait impossible !

Pourtant, cette fois, je dis la vérité. Avec fougue, je défends ma présence à l'université des fées :

— S'il vous plaît, ne me renvoyez pas ! Toute ma vie, j'ai souhaité être une fée. Et aujourd'hui, mon rêve est sur le point de se réaliser.

J'ai osé parler du fond du cœur. Mes amies me félicitent du regard et supplient en silence la directrice, qui prend le temps de réfléchir, tandis que Griselda en rajoute sur mes mensonges impardonnables.

J'attends le verdict de la directrice, avec autant de crainte que si je risquais d'être condamnée aux travaux forcés.

— Dans le cœur de cette jeune fille, il y a un rêve... commence Faragonda. Un rêve auquel elle croit de toutes ses forces. Elle a fait preuve d'une grande ténacité. Et n'est-ce pas une qualité que chaque fée devrait posséder ?

— Si, madame, admet à contrecœur la surveillante.

— Allez vite au lit, jeunes filles ! conclut la directrice avec un grand sourire.

Moi aussi ? Alors... je suis toujours étudiante d'Alféa ? Mes amies sautent de joie et le soulagement m'envahit. Nous nous hâtons vers nos chambres, suivies par Griselda et Faragonda, que j'entends discuter à mon sujet. Elles ignoraient qu'il existait encore des fées sur la planète Terre. Elles pensaient que celles-ci avaient disparu depuis des siècles. Et du coup, elles se demandent qui je suis.

Comment ça, qui je suis ? Il est déjà incroyable que je sois une fée. Comment pourrait-il y avoir un autre mystère ? Bon... je cher-

cherai à comprendre une autre fois. Les émotions de la journée ont été assez fortes comme ça !

Chapit

Nous, les Winx !

Plus tard, juste avant de dormir, Stella, Flora, Tecna, Musa et moi, nous nous réunissons discrètement dans ma chambre. Mes nouvelles amies, je les adore : elles sont charmantes, joyeuses, sûres d'elles, et pleines d'une énergie... féerique ! Tout comme moi ! Est-ce que ce ne serait pas formidable de former un groupe ? Les sorcières que nous avons affrontées se sont surnom-

mées les Trix. Nous aussi, nous aurions besoin d'un nom qui nous servirait de signal pour nous réunir en urgence.

Stella va et vient dans la chambre, tout en lançant des idées avec son assurance coutumière :

— On pourrait s'appeler un truc du genre... Les Super Cinq...

Je fais la moue. Stella se creuse un peu plus la tête.

— Stella et ses copines ?

Nul, comme nom ! Musa déteste, moi aussi. Mais Stella n'aime pas perdre la face.

— Attendez... Je le tiens... Les fées décontractées ! Ça rime et ça sonne bien. Qu'est-ce qu'il y a, Musa ? Ça ne te plaît pas ?

Celle-ci proteste en secouant ses couettes noires.

— Je trouve ça horrible !

Depuis une heure que je pense à ce groupe, j'ai eu le temps de trouver un nom : les Winx.

Avec enthousiasme, Flora vote pour mon idée. Musa est d'accord et Tecna se laisse convaincre. Quant à mon lapin Kiko, il trouve formidable tout ce que je dis. Il ne reste que Stella. Mais, seule contre tous, elle finit par admettre qu'elle n'a rien de mieux à proposer. Ma suggestion est adoptée à l'unanimité. Chouette ! Parce qu'en plus, j'ai

dessiné un logo, simple et pourtant accrocheur. Je sors le dessin que j'ai préparé et mes amies l'admirent.

Tecna demande ce que Winx veut dire. Alors je croise les mains. Deux minuscules étincelles de magie jaillissent de mes index. Je m'écrie :

— Rien ! Juste Winx !

C'est vrai ! Nous sommes uniques, comme filles. Comme

fées aussi. Alors, pour nous, il fallait bien inventer un nom nouveau. Un nom qui n'a jamais servi… Les Winx !

FIN

Bloom et ses amies sont prêtes pour de nouvelles aventures !

Winx Club 3 :
L'université des fées

C'est un grand jour pour les Winx, celui du gala annuel d'Alféa en l'honneur des nouvelles arrivantes. Elles s'occupent des derniers préparatifs. Mais les sorcières de la Tour Nuage, qui ne sont pas invitées, élaborent un plan pour saboter cette soirée...

Tu connais tous les secrets des Winx ?

Retrouve les histoires de tes fées préférées !

1. Les pouvoirs de Bloom

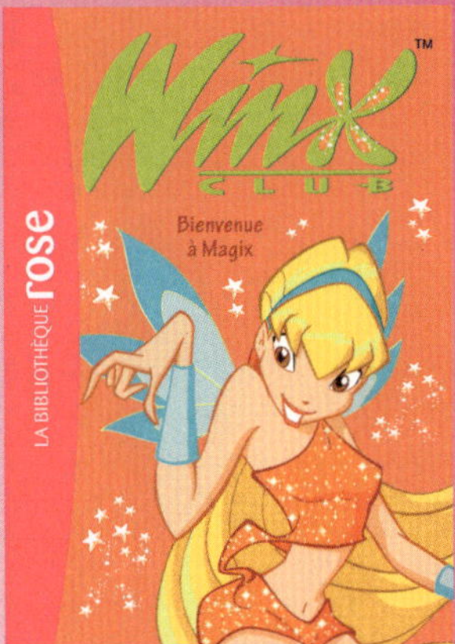

2. Bienvenue à Magix

3. L'université des fées

Table

PAPIER À BASE DE
FIBRES CERTIFIÉES

hachette s'engage pour l'environnement en réduisant l'empreinte carbone de ses livres. Celle de cet exemplaire est de :
400g éq. CO_2
Rendez-vous sur
www.hachette-durable.fr

Photogravure Nord Compo - Villeneuve-d'Ascq
Imprimé en Roumanie par Rotolito Romania
Dépôt légal : janvier 2021
Achevé d'imprimer : décembre 2020
21.6543-6/01 – ISBN 978-2-01-714554-7
Loi n° 49956 du 16 juillet 1949
sur les publications destinées à la jeunesse